AF448021

ROMAN DE LA ROSE

DE

UBALDO UGARTE

ÍNDICE

Y está el amante de ojos celeste
soñando su rosa color champaña,
broche dorado que cuidan las vestes
a la luz sororal de la mañana.

HADA HARMONÍA

En la aurora triunfal, Hada Harmonía
alegra los jardines con sus cisnes,
de picos de ónice y plumas albinas
cantando con su fuga de violines.

En la uvada dulce luce su encaje
la uvayema bajo el potosí estival,
y el moscatel de luz traza un collaje
entre el albo torrontés y el bodocal.

Ilustra los campos Hada Harmonía,
paradisíaco paisaje, laqueado,
en su pensil aquilata y refina
balsámico olíbano, desgranado.

Clarean su luz, fermosas mariposas
al peral en la fuente de Narciso,
y lises esnobistas y pomposas
suave entreabren sus pompones novicios.

Resguarda el cenador salomónico
entre su urna de marrón capuchino,
un camafeo del amor exótico
que cambia a los amantes su destino.

Quiénes la besen con su boca roja,
chambelán, bardo o simple caballero,
con hambre sensual de besar su gloria,
gozarán su amor genuino y eterno.

Y es el camafeo una rosa inefable,
etérea, traslúcida y vaporosa,
ajena al beso y de amor impecable
que en el jardín armoniza y sonrosa.

Le custodian unos gnomos azules
que ofrendan a la alegre Hada Harmonía
elegantes flamencos y bulbules,
con lapislázulis y aguamarinas.

HADA DELICIA

Hada Delicia empapa su dulzura
sobre las albercas de turmalina,
en donde las avecillas pululan
entre lotos de laca y azulinas.

Aurora de nieve en la primavera
empolva con su aureolado tamiz,
donde Hada Delicia perla y camela
un sueño de acaramelado matiz.

El dulce sueño que en una florada
todas las rosas revienten por amor,
un amor primoroso y de alborada
en donde el beso primer rompa en pasión.

Pero aquella rosa que en su delicia
alboroza en su matinal efigie,

sueña que una alba mano en la caricia
la colore y espese y la cobije.

Rosa de oro, de nieve o de esmeralda,
polícromo estuche de edénica luz,
célicas mariposas doran de alas,
polímita irisan la rosa al trasluz.

Qué delicia la espesura fontanal,
tamiza a la rosa con su frescura,
frescura verde, palacio sideral
que conforta a la rosa su hermosura.

Y Hada Delicia va junto a la rosa,
se posa sobre su cáliz de malta,
endulza su corola vaporosa
y en un beso la tapiza y esmalta.

Y emperejila el delicioso jardín
con su frondoso dulzor que empalaga
las rosas suaves y lilas cual festín
en la pedrería de la mañana.

HADA ALEGRÍA

Hada Alegría pinta con su canto
y embelesa con un ciervo almizclero,
orquestan colibríes con su encanto
y los gnomos croman dulces ensueños.

Ríe el prado junto a las margaritas,
báñase el campo con polvos de fuego,
lozanece la suave golondrina
y una alegría enjoya desde el cielo.

Amenidad umbral de la mañana
infunde su esplendor Hada Alegría,
abadesa del jardín que engalana
heráldica fruición en la campiña.

Llegan las vestes de torsos de mármol
a gozar de la rosa su pureza,
se perfuman de frutos amelados
los virgos pechos de sensual belleza.

Se ornamentan de rústicas guirnaldas
y chupan con la boca rojo vino
jugosas pomas de pulpas perlada,
oreadas del fontanar cristalino.

¡Qué alegría! ¡Es la estación del amor!
Gozan de colores los girasoles,
y la rosa pompadour luce en glamour,
y alondras, flores, revientan de amores.

Y enardecen ardientes tulipanes,
los sauces ladean al amor venido,
amor solaz de poeta y amante,
amor que llega en el tiempo florido.

Anuncia melódica filomela
el amor que reventará a la rosa,
las Hadas cantan al bardo que llega,
junto a los cisnes de picos de rosa.

EL AMANTE

Y llega el cantor del amor, el vate,
trayendo sonetos y mosquerolas,
muy perfumoso de rosas granate,
llega romántico en su barcarola.

Alondras de luces traen sus poemas
y sus caballos blancos traen sus vinos,
una rosa en el ojal como emblema
de caballero errante y sin destino.

Y está el amante de ojos celeste
soñando su rosa color champaña,
broche dorado que cuidan las vestes
a la luz sororal de la mañana.

Besa con su boca rojo cardenal
a las lises heráldicas del jardín,
las manos melisas, los ojos uval,
corteja fastuoso con besos carmín.

Cantan las vestes coros matinales
y el dulce amante corteja a la rosa,

ve que es única en sus vetas vestales
y la desvirga con un beso rosa.

La ardiente rosa que al gozo se inflama
desfallece su ternura indeleble,
sabe del amor, y esencias desgrana
al gustar de los labios que la beben.

Mas al canto de los gnomos alegres
lacran la rosa del voraz amante,
vuelve la rosa a su confín solemne
y la corola a su luz de diamante.

Y dícenle al amante eternizado
que debe encontrar a Amor que en la selva
flechando está, entre ninfas y faunos,
sólo así gozaría su belleza.

LA PRADERA

Y va el poeta en su caballo blanco
buscando a Amor entre la alborada,
galante de sol, sus prismas dorados,
sólo sueña a su rosa enamorada.

Entre los junquillos y malvarrosas
platea la penumbra de los cedrales,
pinta una pradera la aurora rosa,
dulce fruición de frutas estivales.

La verdura del prado, su espesura,
fragancia fresca en la lluvia de aurora,
rosal que engalana límpida y pura
entre la estación floral de las moras.

Frutosa mañana empapa dulzura:
frambuesa, granada, fresa y sandía,
el pulposo guayabo que empurpura
y el durazno que empalaga y destila.

La pradera espesa, fuga y patina
un rumor terrestre de campo y cielo,
en los ojos del poeta germinan
una efusión de pasión y desvelos.

Truena el caballo su galope triunfal
entre la gama verdosa del prado,
herboso y alimonado matinal
fluye la tierra del húmedo campo.

Mancha el paisaje el albor del caballo,
-nieve fugaz en un óleo de palta-
elástico y bardo, de ojos ahumado,
cruza el caballo entre flores de malta.

Tañe su gala en relámpago cruce,
enciende al poeta un borbotón de menta,
hiende el caballo ondulando a sus luces
la pradera su estela cenicienta.

EL CISNAL

Llega el vate en una fuente de plata
do perladas cascadas cual soprano,
en notas doradas, lieds o sonatas,
almibaran sus cantos soberanos.

Bebe el poeta su luz de la fuente,
germina en sus manos una alborada,
cimbrea en sus ojos la aurora ferviente,
y embelesa bajo una jacaranda.

¡Ah! y emergen celtas y señoriales
cisnes de nieve cual rosas de seda,
plumaje de perlas y ojos de jade,
en los cristales de las aguas ledas.

Tiene el ave una alquimia de alabastro,
bajo los sauces parecen de mármol,
dosel de ónices, mineral de astros,
cincela su pedrería de nardos.

Tiende sus manos al ave de nieve,
el cisne posa su cabeza de alba,
el vate le canta espinelas breves
y el níveo cisne parece de malva.

Troncha el vate una hermosa gladiola
y la camela en su pico damasco,

está en su baldaquín azul crayola,
y es la cascada dulcémeles blancos.

Melodiosa aurora cae sobre el cisne
y pinta sobre el diamante una estela;
ilustra en su óleo acrílicos lises
su plumaje que en la fuente apastela.

Croman las flores fragancias doradas,
fuga de odas, amarmola, platea,
se despide el vate con serenata
del célico cisne de alba y de seda.

EL FAUNO
(Pan)

Helios pinta en sus doradas borduras
mágicas monedas entre las floras;
cálido rumor, remojo de frutas,
saturan tulipas y aves cantoras.

Camino de lajas y una glorieta,
¡Ah! suave escinden espadas de luces
sobre lirios, romeros y violetas
donde bordea un surtidor con bulbules.

El poeta sueña, ama y respira,
cuando entre los tomillos plateados
una siringa sus notas delira

y rosadas ninfas bailan al Fauno.

El poeta embriaga con su dulzura,
-melosa armonía fluye hasta el campo-
¡La flora estalla, la fauna murmura!
-hay un gozo estival que orea del canto-.

Mixto follaje, fragancia afrutada,
y exóticas aves sobre la alberca,
las ninfas hienden sus piernas rosadas
en erógeno ritmo y decadencia.

Extasía el Fauno con la siringa,
atrajo un gavilán y una gacela,
y es su manjar los nísperos y guindas
que le trajeran osos y panteras.

Las ninfas se excitan y se empalagan,
embriáganse con vinos de zafiro,
el poeta bebe, versa y divaga
nemorosos versos amarantinos.

Despídese del Fauno lujurioso
y de las ninfas de piernas albinas,
y al montarse a su caballo pomposo
recordó a su rosa mandarina.

HADA DESEO

Y sueña el vate su rosa dorada:
rosa de mármol, mojada de fronda,
es joya de Ormuz, que su perla horada
por doquier, pedrería centellosa.

Hada Deseo despiértale temprano,
-el vate sucumbe a su "luminosa"-
por éxtasis orquéstale un milano,
-ama su ámbar, su filtro, sus ondas-.

Embelésase por su camafeo,
bebe todas las rosas con sus odas,
¿qué habróle hecho armoniosa hada deseo
si no piensa más que en su rosa "moza"?

En su "deseo" encontró una alfaguara,
do luminosos chorros argentean
notas delirio, lux armonizada,
cuya agua de la tierra serpentea.

Buscó una rosa entre los parterres
do posóse un guacamayo jacinto,
buscó a la rosa entre los lirios verdes
do un tucán pico iris púsole un nido.

Pero ni una rosa a su rosa iguala:
dio con una de sabor tamarindo,
otra de mandarina almibarada,
y otra de corola sabor a tinto.

Pero era tal el perfume, el tamiz,
cuya delicia de impalpable crema,

color célico, su éter, su barniz,
que ella era reina entre las diademas.

So su corola tapizaba el cielo
y su esfera labraba primaveras,
y ante la locura de Hada Deseo
cabalgó alocado hacia la selva.

HADA AVARICIA

¡Ah! el faisán dorado con sus galas,
y edénicas aves del paraíso,
flores porcelanas la milenrama,
todo oro y azul, poéticos lirios.

Hechiza las rosas Hada Avaricia
y el poeta embelesa sus sabores,
quedóse amoroso por sus delicias:
era de ámbar perlosa sus olores.

Sus borduras latente y primorosos
estampan la rosaleda armónica,
lienzo del jardín, mosaico jugoso
do las aves pincelan, sinfónicas.

Ama sus colores, tuerce, sopesa,
troncha hacia el juncal, entre los pacholí,
do castañuelas alfombran bellezas
y la aurora filetea su popurrí:

listas lilas, filigrana de aurora,
cromos violáceos escinden en bandas
del cielo tapizados por las hojas,
filtrando cual pabellón de lavandas.

Sueño lírico el paisaje moteado,
su manchoso damasco paletea
juglares aves de sol salpicados
y chorros frescos de dulces orquestas.

El poeta avaro ama el paisaje
y olvídase de su rosa de cobre,
quédase con su acuarela collaje
que esponja hermosa pintura de bronce.

Duérmese en la alimonada pradera
y sueña con su rosa impresionista,
que moja la entusiasta primavera
en su quemante pensil armonista.

LA FONTANA

Cabalgó más allá de los oteros
do el viento plañe en herrumbroso crespón,
campos azules y rosas de hierro,
y errando recordó su rosa latón.

Ésa rosa de perfil blasonado
que fragua sus borduras heráldicas
al cenador de marfil patinados
y al jardín de fontanas metálicas.

Y halló una fontana acuarelada
de una ondosa frescura zafírica,
entre herbosas rosas abovedadas
do lacran sus tersuras acrílicas.

La aurora cincela todo el torrente
que acristaladas se cortan en cuarzos,
son torres policromas que se tuercen
en la engomada fuente de alabastro.

Y entre miosotas celestes remojan
robustas ninfas sus dorados senos,
con pies de mármol, cinturas de aljófar,
se confunden con los cisnes de fieltros.

Y la luz porcelana que acrisola
en gemosos ámbares la cascada,
do aves de turmalina aureolan
sus plumajes muaré aurisoladas.

Y el vate quema su nácar de seda,
sus manos platinan en su aguaperla,
cuece su galería cristalera
donde al fondo ilustran sus madreperlas.

Y el chorro azul cromo, o azul perloso,
imprime su azul de bronce o turquesa,

esmalta un azul dorado o platoso,
brolla, fuga y prensa su azul pureza.

LA SELVA

Y aléjase el poeta embebecido
del borbotón de notas cristalinas,
y adéntrase en un palacio tupido
de tulipanes de ágata y fluoritas.

¡Ah! bruñe las frondas, lux ebanista,
en do se esculpen rosas de madera,
es la selva de pabellón batista
y el soto de lis estampa las rieras.

Se embriaga el poeta de pasifloras,
y entre rosa y rosa, lilas y verdes,
le recordó a su rosa de caoba
pincelada en su primavera alegre.

Las aves de seda perlan sus odas
entre jazmines de metacrilato,
cuando desborda su ardor el rapsoda
al enguantar su escarcha de acrilato,

desdientan suaves pétalos de nácar
y hermosa joyería iluminan.
Pululan las polillas tapizadas,
que estofan con sus alas marfilinas

sobre el terrado de los heliotropos;
y febles lacran en áureo cotillón
entre garzos reverberos de hisopos,
y amentados lirios de impresos pompón.

Fermenta oloroso, frondas pizarra,
y entre la yerba, espumas de limón,
y pomelos rosados, la cigarra
dora y trina en su húmedo pabellón.

El vate satura, remoja y bebe
la savia policroma de la selva,
humedece y filtra, vierte, disuelve
dulzura armonista de la arboleda.

AVES DEL PARAÍSO

Entre los árboles paradisiacos
gomosa fronda pinta su verdura,
cremosa luz texturiza un mosaico
do el poeta descansa con ternura.

Sueña sobre alfombras verdepizarra
cuando dulces aves del paraíso,
cantan entre santarritas y parras,
sinfónicos, auroral y plomizos.

Hierve su orquesta, derrite en los ríos,

el macho corteja, baila, plumista,
polvea, encristala los cedacillos,
cuece el benjuí de la flora ambarista.

Cortejan en fogosa sedería
entre la moringa y el liquidámbar;
fuga de aroma y salvaje resina,
se esponjan entre el topacio y la plasma.

Plúmbica floricultura de fuego,
rosas de grafito, verdes catuabas,
templo auroral, de cáñamos, de ceibos,
aves pastosas pintan a mansalva.

El poeta acuéstase bajo un timbó
y embelésase en su rosa de plata,
entre el mixto plumaje, áureos, bordó,
entre los guindos lirios de escarlata.

De pabellón, el verdoso tamburí
para las aves volatilizadas,
que en lactescentes lises su camarín
danzan nupciales ritos, coloradas.

Quemada matina de taraceas
el bardo pasea entre baldaquinos,
doseles de lises, de aves que albean
mística unión del bosque paladino.

❧

NÁYADES
(ninfas acuáticas)

Caen plúmbeas luxes amonedadas
entre indelebles chorros de esteatitas,
que espumajean una dulce alfaguara
do báñanse las náyades nudistas.

Marfílico lienzo pintado en bronce,
ondoso fresco de aguas verdinegras,
báñanse ondinas de las aguas dolces
en suave cadencia, entre las piedras.

Lechosos muslos inciden ardientes
la gama poliédrica del manantial;
violenta blancura, vulva caliente
al esponjeo infla el volumen carnal.

Ojos verdines, cabellera de algas,
labios corales muerden insaciables;
se excitan y se placen a mansalva
bajo tupidas frondas del boscaje.

Es en el fresco confín de natura
do el poeta versa, inspira y vaga;
carnes de cincelada nervadura
recuerdan al vate su rosa nácar.

Misma moldura, de alba crisolada,
materia de nieve, de luz o greda;
piedra primigenia, acorolada,

suave fuego de una impalpable seda.

Armónico fuego, corta la aurora
sobre las ninfas que parecen gualdas;
fogoso oro, derrite, acrisola
rociadas espaldas, rosadas nalgas.

Sapeca, tuesta, chamusca, caldea
al óleo, goterones fluorescentes,
goza de las náyades, rosas plenas,
su rosa del jardín efervescente.

HADA FANTASÍA

Extasióse en un refugio gredoso
entre campanillas y pimpinelas,
recamado en hebras de oro terroso
que recordóle su rosa canela.

Ignífuga la aurora mayólica
que fuga caliente sobre alabastros,
jaspe o mármol, joyería órfica
y ánforas llenas de vinos de cuarzos.

Hada Fantasía, funde y decora
ardientes artesanías en oro;
palacio adiamantado, policroma,
refucila en fuego y bronce esponjoso.

Alambica el vate áurea frescura,
y entre torres y columnas de fieltro,
se entredora perlosas esculturas,
y espumosas lilas en garzos tiestos.

Vidriado templo de lánguida pasta
empapa témpanos estanníferos,
do la cilíndrica aurora contrasta
con los surtidores diamantíferos.

Otea vides y argentados helechos,
acuosas begonias, mojadas lises,
exotismos que en la flora impresos
amalgama óleos sobre verdines.

Lirios conoideos lucen ceramistas,
sella y fulge su belleza en el éter;
rabiosa efusión, concierto lirista
do la lux tamiza rosas poliéster.

Viscosa lumbre gotea en filamentos
sobre orfebres de raros lutróforos;
gusta del báquico néctar, sediento,
y versa odas de albos liróforos.

HADA BELLEZA

Témpera matina, dulce vendimia,

dehiscente implosión de frutas opimas;
encespeda el campo flores eximias
lampo brillador do nimba las limas.

Rutila su blancura los ánsares,
funde ignescente tintura su estela;
la fuente cromo de ornatos náyades,
bohémicos, imprimen una tela.

Óleo festoneado en la mañana,
fusible aurora de amarillo chillón,
se manchan, se emperlan, frutas lozanas,
todo fluye en la fogosa orquestación.

Florea donde Hada Belleza pulula,
¡Ah! quemada fronda, lluvia platosa,
cigarras y libélulas undulan
entre los rosales rubiginosas.

Oblación de trinos entre mirtales,
bellido campo de flores combustas;
lujosas aves sobre pastizales,
todo efusión de collajes adustas.

Polvo odorante, orean melíferas
entre calas y el gomero manchado;
bebible fronda, de ascua odorífera
que se inebrian en flujos jazminados.

¡Ah! vegetan minerales sidéreos
entre el suave eucalipto olor de limón;
lúbrico pensil, que en ampos etéreos

quema el campo de inebriativa fruición.

Y aléjase del limen edénico
fugando versos el apolónida,
pulsa la lira del himno homérico
al delirar bellezas armónicas.

POMONA

Embutido de luces poliédricos
entre surtidores y ritornelos,
solfea dulce, himnarios laurélicos
y suena el aquilón celados chelos.

Fogón de frutas, mariposas café,
encontró a Pomona entre el aloe
mordiendo uvas en diáfano crepé.
Blancas cascadas surten sus oboes

que la extasían, carnuda y mojosa.
En un banquete de mentas y almíbar
sorbe su exótica bebida rosa
en célico jarro incrustado en tíbar.

Garruladores cantos de gorriones
ofrendan a la diosa pensílica,
y las rosas revientan sus botones
en la turquesada albura idílica.

Zafirado fanal de sulas sulas
que endulzados le trajeron níspolas;
oropéndolas, filtran, se encapsulan
en olímpicas trovas velívolas.

Un guaraguao le trajo chirimoyas
que ondoso posó bajo un madrecacao,
y efervescente crisolampo enjoyan
gamuzados lises y rosas cacao.

Sus carambolas le trajo un cotinga,
flores cocoa le trajo un cacatúa;
en pomposa oblación de aves en minga
fermentan frutas sabor sagardúa.

Aves beodos cuecen las retamas,
bebe el rambafter el arduo rapsodo,
y empalaga la matina que engama
su exotismo de flamencos y dodos.

LA SATIRESA

Verdece el fuego de los platanares
do cruza el caballo de porcelana;
sobre furiosas hierbas y manglares
relampaguea de ónix su llamarada.

Plástica lindeza sobre el arroyo
do las oréades báñanse en ritos;

la satiresa bajo el chirimoyo
decórase con violetas de litio.

El vate fascina el concierto de hojas
que esculpe la fronda, musa y orfebre;
el río espejea su alquimia de aljófar
sobre líquidas lises, lilas, verdes.

En lingotes cae la aurora pastosa
en la girándula de la fontana;
la satiresa temprana y acuosa
corta uvas con su boca perfumada.

Empalagosa, vierte plateresca
su torso torneado y viscoelástico;
ríe venusina, vierte en la alberca
sus tensas piernas de oro vesánico.

Sobre un mandarino los opalines
irisan sus lisuras prismáticas;
y titilan las rosas tangerines
óleo naranja en la aurora plástica.

Contornéase en suave pulimento
y alegre mostea jugosas toronjas,
con calientes labios rojo pimiento
su exótico néctar muerde y esponja.

Dícele el secreto de versos, glorias,
al vate con sus labios vegetante,
y embriágale de juventud, de euforia
con violetas del seno palpitante.

LAS BACANTES

Celeste clarín triza la matina,
revientan guineas y pavos reales,
abusivas misturas difuminan
en la tierra encendida de nogales.

Moja el paisaje el caballo de nácar
do sátiros hostigan blancas ninfas;
escinden linfas los cisnes de laca
y púrpuras aves, calientan, inflan

sus buches bombados sobre el ramaje;
eclosión de las cigarras que migran
en el matojo ventrudo y salvaje
donde repechan exóticas tigras.

Y en caravana pasan las bacantes
desenfrenadas y carnavalescas,
que orgiásticas bailan extravagantes
al son de las melodías grotescas.

Ardientes brebajes bullen las copas
que extasían los ritos bacanales;
delirio matinal, gozan y evocan
al dios de las vides y los cañales.

Las ménades se arquean de locura

al beber de floras afrodisiacas,
sobre panteras de ardientes texturas
chupan golosas frutas dionisiacas.

Hartan funambulescas bizarrías,
huelgan, trepidan al son fabulesco
que enfurece carnales fantasía;
y fascinan del viñal pintoresco

la dulzura de sus negras sortijas
que revientan con las manos de ónice,
y vierten en helénicas vasijas
con gualdas ánforas de sardónice.

DIONISO

Escaldada aurora sobre alcaparras
do los lampíridos se encapuchinan,
y el camaleón y el turpial cuñarra
lustran entre las rosas cornalinas.

Entre osos, chacales, llega Dioniso
con sus fragatas, tucán y bujajas;
alhajan icacos y ciparisos
entre lises blondas y rosas pajas.

La luz escancia, vidria, tornasola
la policristalina parra brava,
abrasa el campo color acerola

nimbadas vides entre la guayaba.

Quema Dioniso titilantes uvas
que le trajeran albas canéforas,
el vate ansía entre cataúbas
do le deliran las oropéndolas.

Vierte suave en jarrones traslúcidos,
y bravas bacantes en catástasis
se muerden los senos, áureos, fúlgidos,
y las ménades revientan de éxtasis.

Mentolan arándanos licorosos
y se azucaran cañas de Batavia,
el Dios mostea, frugífero y montoso
selectas pulpas de turgentes savias.

Inflama mayestática bebida
en armonística reverberación,
hedónico licor cata el panida
auriosolado en la pradera felpón.

Embriagan versos, ninfas musicantes,
y las bacantes celebran al vino,
rabioso néctar de negros diamantes
que el dios escancia en copas de olivino.

LOS GNOMOS

Fauno y sátiros conciertan con flautas,
las cárites orean canciones griegas,
y el vate, aventuras de argonautas
a las auloníades veraniegas.

Hirviente policromía dibuja
silvestres gnomos entre los félidos,
que fabulan con orondas cogujas
y metamórficos crisomélidos.

Se pulverizan bajo las pitangas
híbridas mariposas del matojo,
y enguirnaldadas de lirios las gangas
se estuchan suaves con los petirrojos.

El vate extasía en la girándula
y pulsa sus versos del ukelele;
Hada Locura trajo lavándulas,
trajo fresas, tórtolas y claveles;

y el vate dilata, filtra y embriaga
poética y delirante sustancia.
Y entre mágicos gnomos empalaga
compresa dulzura de harta sedancia

que la acuarela potencia y refracta.
Los gnomos extasían con címbalos,
arpas, timbales, que fugan, compactan
prensadas rosas, lagos mucílagos,

vítreas aves, chorros metalíferos,
y las empalagosas cataratas.

Desgrana el jardín oros flamígeros,
Hada Locura destila sonata,

y el vate ardiente bajo el cinamomo
armoniza operístico versario;
se despide impulsivo de los gnomos
y aléjase del pensil incendiario.

LAS MUSAS

Troquela sandías y gordolobos
tórrida aurora de plata difusa,
espumajean las alseides de arrobo
al coro pensílico de las musas.

Foguean los rosales de peridoto
cuando la musa de ojos etíope
canta alegre junto a Iris y Noto,
la de bella voz, blanca Calíope.

También es gloriosa, dorada Clío,
glorifica a Artemisa con sus pumas,
clama a Heracles y Aquiles bravío
con carnosos labios de gomoespuma.

Fervorosa pulsando la cítara
junto a Orfeo la amorosa Erato,
trovando está la odisea a Ítaca
y el rapto a Helena por Paris sensato.

Ebria de flores la fermosa Euterpe:
entre ora-pro-nobis y ranúnculos
espumean su pubis rosa e imberbe,
y orea su aulós con labios carbúnculo.

Rítmica y melodiosa Melpómene
pasea con lujuria con sus máscaras,
canta graciosa junto a Eufrósine
y Aglae bajo edénicas guágaras.

Hímnica y sororal, está Polimnia,
caliente y virgo se desnuda en malvas,
acompasa versos de casta euritmia
entre sarmentosas y sus collalbas.

Versa el vate entre cantuesos y stevias
do encontró a la bucólica Talía,
gozaba sus versos de la comedia,
toda eufórica, reía, reía.

AMOR
(Eros)

Versa sobre gorgonas y cíclopes
ebrio de argonáutica y teogonía,
deleita en la danza de Terpsícore
do Céfiro cincela melodías.

El vate extasía en versos opiáceos
que modúlale la célica Urania,

sabe de floras y ríos violáceos,
de aves pérsicos y tigres de Hircania.

En el monte Helicón da con Eufeme
nodriza de las musas olímpicas,
bebe de la fonatana de Hipocrene
y versa epopeyas helenísticas.

Canta la virginidad de Artemisa
y la destreza lírica de Apolo,
se pasea por el Partenón de Fidias
y se embarca por las islas de Eolo.

Sabe de Urania la morada de Amor
que vive en los campos de candelaria,
férricos lagos con chorros de alcanfor,
pastosas frutas, rosas luminarias:

llega ardiente sobre prados mentosos
do cristaliza fontanas de euclasa,
forja luces, torres filamentosos
sobre lises y malvones de gasa.

Entra al palacete de crisópalo
do Amor ámale a la dorada Psiquis:
sedúcele con sus manos de ópalo
y dále en su boca caquis y kiwis.

De amor embriaga, hervienta y ensancha
al recordar su hermosa rosa de Ormuz,
virgínea rosa, sortija sin mancha
que en el floral palacio vive de luz.

JARDÍN

Fue en el Rhin, entre princesas bávaras,
o tal vez en Versalles o Bolonia,
daba a las cataratas del Niágara
el colgante jardín de Babilonia.

Eran las flores batista y similor,
y turgentes arroyos de magenta,
frutas lumíneas y anfíbol surtidor
entre anillados cauces de hornablenda.

Jardín de verderones y fúlicas:
fundían la pradera crisoprasa,
girasol y la mimosa púdica
en nímbicas fugas de albina brasa.

O acaso fue en las montañas célticas
do viven los silfos entre los boldos,
o tal vez entre las grutas élficas
do viven sibilas bajo regoldos.

Era el sueño del pensil paisajista
do besábale a su rosa de azafrán:
dulce remanso, sueña el liricista
torcer la rosaleda de tafetán.

Ansía morder bullentes pitahayas
y delirar su rosa tangerina,
batir tulipanes entre las mayas
y chupar de las frutas golosinas.

Embriaga con su jardín exótico,
con sus jaguares, pavones e impalas,
goza con sus zorzales melódicos,
con sus babuinos, linces y koalas.

Regresa el vate a su rosa borgoña
que esconde el cacahuete y el ñapindá,
solar do sus cantares se abrotoñan
y trepan cual dorado burucuyá.

ROSA

Efusión de matina algarrobada
laminan silvestres filipéndulas,
troncha frutas con las manos cebada
al disiparse entre las caléndulas.

Tremente absorción do la aurora quema
aporcelanados oreoselinos,
y entre abourbonadas rosas de gema
cantan los pájaros alabastrinos.

Está la rosa en su luminiscencia,
de luz sideral, escuece y borbota,
y henchidas uvas en su efervescencia
prenden dulces entre la bergamota.

Muerde y delira su rosa límpida

arden los tulipanes papagayos,
entre naranjos y coloquíntidas
gozan coscorobas y guacamayos.

El vate trájole hermoso yerutí
junto a una acendrada matraquita,
y cantóle entre áureos cisnes bombasí
que hendían la fontana sodalita.

Tapizan el prado crisoberilo
impalpable y verduzcas sensitivas,
y versa sobre el amor bajo un tilo
entre fragantes hierbas verdeolivas.

Orean abrasivas aves prensoras,
se colorean entre las lavandas,
acrílica fruición, fresas y moras
muerde el vate bajo la jacaranda.

Descansa junto a su rosa amatista,
sueña, versa, delira, garzas suindás,
y posa junto a su flor perfumista
muy suave, un hermoso maracaná.

Diciembre, 2018